KB264777

# 나는 너의 빨판상어였어

나는 너의 빨판상어였어

# 나는 너의 빨판상어였어

인쇄 · 2025년 6월 15일 | 발행 · 2025년 6월 20일

지은이 · 이사람
펴낸이 · 한봉숙
펴낸곳 · 푸른사상사

주간 · 맹문재 | 편집 · 지순이, 김수란 | 마케팅 · 한정규
등록 · 1999년 7월 8일 제2-2876호
주소 · 경기도 파주시 회동길(서패동) 337-16
대표전화 · 031) 955-9111(2) | 팩시밀리 · 031) 955-9114
이메일 · prun21c@hanmail.net
홈페이지 · http://www.prun21c.com

ⓒ 이사람, 2025

ISBN 979-11-308-2285-3   43810

값 15,000원

# 나는 너의
# 빨판상어였어

이사람 시집

　살다 보면 진짜 마음이 쉽게 상하고 관계가 생각처럼 안 풀릴 때 많잖아. 그냥 별거 아닌 일이었는데 그땐 왜 그렇게 크게 느껴졌는지 모르겠어. 근데 나만 그런 거 아니더라. 너도, 나도, 우리 모두가 그런 시기를 한 번쯤은 겪었을 거야. 그때는 진짜, 말 한마디에도 마음이 쿵 내려앉고, 괜히 계속 생각나고…… 마음이 쉽게 아팠지. 근데 그게 꼭 나쁜 건 아닌 것 같아. 그만큼 진심으로 누군가를 아끼고, 소중하게 생각했단 뜻이니까. 아마도, 우리가 서로를 너무 가까이서 들여다보려고 했던 거 아닐까? 그러다 보니 작은 일도 크게 느껴지고, 서운함도 오래 남고 그랬던 거지. 그런데 너무 걱정하지 마. 그런 마음들도 언젠가는 모두 사라질 테니. 마치 새벽에 내린 첫눈처럼, 언제인지도 모르게 그치고 따뜻한 햇살에 녹아내리듯이. 지금 느끼는 그 서운함이나 아픔도, 사실은 우리가 자라고 있다는 신호일 거라 생각해. 진심이 있었다는 증거니까. 괜찮아질 거야.

　우리 주위에는 꼭 말로 다 표현하지 않아도 힘이 되어 주는 사람들이 있어. 조용히, 묵묵히 그저 옆자리를 지켜 주는. 그게 진짜 마음이거든. 겉으론 잘 안 보이지만, 분명히 있는 진실한 마음. 그런 게 누군가의 삶을 진짜로 받쳐 주더라고. 우리는 모두 누군가의 바다를 함께 건너고 있는 '빨판상어' 같은 존재가 아닐까 싶어. 나도 누군가의 등을 타고 외로움을 견딘 적 있었고, 너도 지금 누군가의 옆에서 함께 헤엄치고 있는 중일지도 몰라. 가만히 생각해 봐. 너의 '빨판상어'는 누구였는지, 지금은 누가 네 곁에 있는지. 그런 생각만 해도 마음이 좀 덜 외로워질 거야. 누군가는 우리의 어둠을 함께 지나왔고, 지금도 말없이 곁을 지키고 있는 거야. 아무 말 안 해도, 서로가 괜찮아질 때까지 기다려 주는. 사랑하는 마음으로, 조용히 서로를 바라보는 누군가가 분명히 있어. 그러니까 너 자신을 너무 외롭게 느끼지 않았으면 좋겠어. 넌 혼자가 아니야. 나도, 그리고 분명히 누군가도, 항상 서로의 마음을 응원하고 있을 거야. 그걸 꼭 잊지 마.

아! 그리고 살다 보면 하고 싶은 것도 많고, 왠지 이것도 할 수 있을 것 같고 저것도 해 보고 싶고…… 그런 생각 들 때 있잖아. 근데 가끔은 그런 마음이 오히려 더 답답하게 느껴지기도 하더라. 막상 뭘 해야 할지 모르겠고, 할 수 있을 것 같은 건 많은데 진짜 내가 할 수 있는 게 뭔지 모르겠는 그런 느낌. 근데 그런 순간일수록 진짜 중요한 건, 포기하지 않는 마음 같아. 생각하는 것보다 너는 훨씬 많은 가능성을 가지고 있어. 그거 절대 잊지 마. 그러니까 너무 멀리 보려고 하지 말고, 지금 할 수 있는 딱 한 가지에만 집중해. 작은 걸음이라도 계속 내딛다 보면, 분명히 또 다른 길이 보이고 새로운 기회도 생길 거야. 너는 잘 해낼 거라고 믿어. 오늘의 그 작은 시작, 그거 진짜 소중한 거야. 그러니까 너무 조급해하지 말고, 각자의 속도대로 천천히 나아가. 응원할게, 항상.

2025년 5월
이 사 람

■ 시인의 말  4

## 제1부  나는 너의 빨판 상어였어





제1부  나는 너의 빨판 상어였어

제3부　엄마의 자동차 경주

제1부

# 나는 너의 빨판 상어였어

# 우산

오후에 비 소식이 있어서
망설이고 망설이다

함께 쓰려고
우산을 준비했어

그런데
이건 비밀이야

세상에서
가장 작은 우산을 준비했거든

바로
오늘이

너와 내가
가장 가까워지는 날이 될 거야

# 착각

나와 마주치면
언제나 환하게 웃음을 보이던

너에게
완전히 속았던 거야

오로지 나만 바라본다고
생각했었거든

그런데
그건 착각이었어

컨트롤C 컨트롤V를
내 친구에게도 시현하고 있었거든

이번 일로
진심 깨달은 게 하나 있어

웃음은
너무 두꺼워서


절대
안을 들여다볼 수 없다는 거

# 꿀벌

교실 화분에 핀
꽃을 보고

유리창으로
무작정 달려와 부딪치는

벌 한 마리를 보다
문득 깨달았어

지금은
너무 익숙해져

시들하게 버려 둔
너와 나도

오래전 한때는
서로에게

목숨을 걸고 얻으려 했던

꽃이었다는 걸

# 공약수

기억나니?
처음 만난 날부터 너와 나는

서로에게 답지도 없는
수학 문제였던 거

매번 답이 틀려
가방 속에 오답 노트를 넣고 다녔었지

다투고 난 뒤
조금 멀어져 있는 지금

그래도
난 믿고 있어

지금 너와 나는
처음 풀이 과정부터 다시 보고 있는 중이라고

너무 어려웠던

우리의 공약수 문제를

# 몽돌

바닷가에 굴러다니는
우리에게

사람들은
너무 쉽게 말해

어쩌면 신기하게
이렇게 모난 곳 하나 없이
매끄러울 수 있냐고

그런데
사람들은 모른다

지금까지
얼마나 셀 수 없이 많은
태풍이 왔다 갔는지

길

세상에 모든 길은
처음부터 그냥 있었던 게 아니래

아주 오래전
길을 잃은 누군가가 지나갔던 곳이래

지금 길을 잃고 헤매는 우리
너무 두려워하지 말자

지금 너와 나는
새로운 길을 만들어 가는 중일 테니

# 매듭

동아리 시간에
로프 묶는 수업을 듣다
처음 알았어

다른 두 개의 끈을
서로 연결할 때는
매듭이 꼭 필요하다는 걸

그런데
사람과 사람 사이도
똑같더라

잘 묶은 매듭이었지만
언제부턴가 심하게 엉켜 버려

마주치는 게
조금은 어색해진 우리처럼

이제는
어렴풋이 알 것 같아


좋은 매듭은
서로를
꼭 붙들 수 있어야 하지만


더 좋은 매듭은
서로를
잘 놓아줄 수도 있어야 한다는 걸

# 함께 걷던 길

집으로 돌아오는 길
빗방울이 장막을 친 거리를 걷다
길에서 벗어나 있었어

어둠에 비가 더해
길을 잃었을 거라 생각했어

그 후로도 가끔
집으로 가는 길에서 벗어나
낯익은 길을 걷곤 했어

내 발길이 나도 모르게
찾아온 것을 보면
오랜 시간 습관처럼 걸었던 길임에 틀림없었어

자잘한 눈발들이
저녁 모퉁이를 돌아 몰려가던 날

집으로 가는 길을 잃고
나는 또 그 길에 서 있었어


아주 오랜만에 마주친 친구가
지나가며 흘리듯 말했어


오늘은 혼자 가네

# 너라는 위로

학교에서
시험에 치이고

선생님들의 잔소리에
시달려도

견딜 수 있는 건
너 때문이야

주저앉고 싶을 만큼 힘든 날
너를 생각하면

폭신한
카스테라 위를

맨발로
걷는 기분이거든

# 돌아오는 길

너와 헤어지고
집으로 돌아올 때면

뒷걸음질로
난 천천히 걸었어

해를 놓친 해바라기처럼
고개를 푹 숙이고
사막의 낙타처럼 내 발자국만 보면서

너와 헤어지고
돌아오는 게 아니라

너를 만나러 가고 있는 중이라
생각하고 싶었거든

# 그림 그리기

넓은 빈 도화지에
처음으로 한 점을 찍었을 땐


그저 보잘것없는
아니, 심지어 얼룩처럼 보일지도 모르지만


한 땀 한 땀 찍은
그 수없이 많은 점들이 모여


많은 사람들을 미술관으로 이끄는
근사한 그림이 되는 것처럼


우리들이 무심히 흘려보내는
그 사소한 하루하루들이


모자이크처럼
하나씩 모이고 맞춰져서

세상에 딱 하나뿐인

우리들의 미래가 그려지는 거야

# 나는 너의 빨판상어였어

아무도 모른다
내가 너에게 기생하는 것이 아니었다는 것을

네가 나에게 사랑을 주었고
내가 네게 사랑을 주었지

네가 외롭고 어두운 바닷길을 갈 때
난 항상 너와 함께였어

먼 훗날 어느 바다 골짜기에
네가 자신을 버려 두고 움직이지 않을 때
비로소 너를 떠나는

네가 더는 외로움을 모를 때
깊고 어두운 그 바닷길을 되돌아오는
나는 너의 빨판상어였어

사랑


언제 왔는지는
도무지 알 수 없었어

하지만

언제 갔는지는
단번에 알 수 있더라

# 그땐 그랬지

첫눈이 내리면 꼭 만나자던
그 약속을 기억하니?

지금 생각해 보면
소꿉장난처럼 작은 오해들이

그때는 왜
그렇게 우주만큼 커다란 상처들이었을까

우리는 서로에게
언제나 책상에 실수로 펼쳐 두고 온 일기장처럼

들춰 볼까 조마조마하던 마음만
풍선처럼 부풀던 날들이었어

서로에 대한 기대는
으레 빗나가는 게 일상이라는 걸 배우며

그게 길들어 가는 과정이라 위로하며
나름 애써 봤지만


차곡차곡 쌓이는 서로에 대한 서운함에
결국 우리는 지고 만 거야


문득
창밖을 보니


첫눈이 그치려고 해
우리의 그때처럼

# 사과

너와 헤어지던 날
난 네게서 모든 것을 다 챙겨왔어


햇살 같던 즐거운 너의 웃음
너의 눈시울 붉게 하던 나의 고백
네가 끝내 붙들고 있던 기억
그 모든 것들을 남김없이 챙겨 왔어


그 후로 난 너무나 행복에 겨워
너를 생각함에 있어
달리는 버스 창으로 스치는 풍경쯤으로
기억하던 어느 날


난 미처 챙겨 오지 못한 채
네게 남겨 둔 것이 하나 있음을 깨달았어


너의 슬픔, 그것

제2부
단추의 꿈

# 거북이

조금 늦는다고
조급해하지 말자

우리가 잊지 말고
꼭 기억해야 할 한 가지는

얼마나
빨리 가느냐가
아니라

얼마나
멀리 가느냐니까

절친


짜장면 먹을 때
단무지처럼

라면 먹을 때
김치처럼

너를 만나면
다른 친구 생각이 안 나는데

다른 친구를 만나면
꼭 네 생각이 나

# 진로

하고 싶은 게
많은 게 문제가 아니라

하고 싶은 게
없다는 게 문제야

콕 집어
이거다 싶은 게 없거든

그런데

솔직히 말해
더 큰 문제는

할 수 있을 것 같은 건
참 많은데

정작 할 수 있는 게
하나도 없다는 거야

# 우리의 사계절

봄 여름 가을 겨울
사계절이 뚜렷한 우리나라 대한민국
하지만
우리의 계절은 좀 달라

봄은 1학기 중간고사
여름은 1학기 기말고사
가을은 2학기 중간고사
겨울은 2학기 기말고사

사람들 모두가
봄엔 꽃구경 겨울엔 눈 구경 갈 때
교실 사각 창으로
우리는 춘추복 추동복 감상만 해

가끔씩 생각해
나라를 지키는 국군 장병들처럼
우리는 학교를 지키기 위해

출퇴근하는 군인일지도 모른다는


그래도 위로가 되는 한 가지가 있어
참 다행이야
길 건너편 여고에
씩씩한 여군들도 있다는 거

# 괜찮아, 너 정도면

키 크고 잘생기지는 않았지만
그 정도면 속수무책은 아니야

주요 과목 성적은 안 좋지만
체육과 미술은 나쁘지 않잖아

용돈이 넉넉하진 않지만,
일주일 정도 아끼면
친구들에게 떡볶이쯤은 쏠 수 있잖아

선생님에게 칭찬받진 못해도
가끔 네 방 청소한다고
엄마에게는 칭찬도 받곤 하잖아

비 오는 날 운동장에 기어 다니던
지렁이가 말라 죽지 말라고
막대기로 화단에 옮겨 주기도 하잖아

다리 다친 같은 반 친구

영호를 업고

3층 계단을 내려온 적도 있잖아

# 선입견

발표 시간에
그저 서서 모조의 웃음만 게워 내는 게

너무 창피하고
멋쩍어서 그런 거라는 걸
누가 짐작이나 할까

공부에 관심 없다고
선생님도
나를 감정도 없는 기계쯤으로 생각하는 것 같아

그런데
아무도 몰라

비가 오는 저녁이면
우산을 들고
무작정 너를 만나러 가고 싶고

가족들이 모두 잠든 밤이면
너와 함께 듣던 음악을 듣다
이불을 덮어쓰고 펑펑 울고 싶은

감정이 없는 게 아니라
감정을 숨기고 사는
가끔은 나도 아픈 사람이라는 걸

# 계란으로 바위 치기

내가 할 수 없다는 거
모르는 거 아니야

그런데도
미친 듯 달려가는 건

계란이 주저 없이 날아가
바위에 부딪히려는 게

바위를 깰 수 있다고
진짜 믿어서가 아니라

바위를 깨고 싶은
그 마음 때문이듯

나도 후회하지 않기 위해
부딪쳐 보고 싶은 거야

# 장애물이 아닐 거야

시냇물을 막아 선 바위는
물길을 방해하려 서 있는 게
절대 아니야

시냇물의 방향을 틀어
먼 바다로 흘러갈 수 있게
서 있는 거야

혹시, 우리 앞에도
가끔 막아서는 무언가가 있다면
장애물이라 생각하지 말자

더 큰 세상으로 나갈 수 있게
우리의 방향을 돌려 주는
그때 그 바위라고 생각하자

# 단추의 꿈

한때는 반짝이는 별인 줄 알았어
가끔 떨어지곤 했거든


떨어진다는 건
추락이 아닌
날기 위한 연습이라고 우겨도 보았지만


지퍼의 능숙함을 배우지 못한
부족함이라는 것을 깨달았어


결국 우리는 누군가에겐
놓아 버리고 싶은
매달림일 수도 있다는 것을 인정해야 했어


하지만 잊지는 않았어
헐렁했지만
그래도 붙들어 껴안아 주던 단춧구멍의 기억을

언제부턴가
우리는 낡은 옷장의 어둠 속에서

해진 실 한 가닥에 매달려
떨어지지 않으려 쥐고 버티고 있지만

가끔 옷장 문틈으로 스며드는 불빛에
반짝이는 우리를 볼 때면

믿고 싶어
어쩌면 우리는 아직 날개를 달지 못해

푸른 밤하늘로 날아오르지 못한
반딧불일지도 모른다고

# 호랑이 사냥

— 근사한 이성 친구를 사귀고 싶다면


호랑이를 잡으려고
엽총을 들고 쫓아다니지 말자


화약 냄새를 맡은
영악한 호랑이는 도망가 버릴 테니


호랑이를 잡으려고
함정을 파고 숨어 있지 말자


주위 환경에 민감한 호랑이는
근처에 얼씬도 하지 않을 테니


호랑이를 잡으려면
나무를 심자


나무들이 숲을 이루면
호랑이가 스스로 찾아올 테니

호랑이 꽁무니나 쫓아다니며
소중한 시간을 헛되게 낭비하지 말고

호랑이가 찾아들 수 있게
환경을 만들고 때를 기다릴 줄 아는

우리 자신 스스로가
깊고 울창한 숲이 되자

## OMR

수학 시험 시간에
한참 동안 머리를 굴려 보다

한 개라도
더 맞아 보려고

오지선다형에
여섯 개씩 쭉 나누어 찍었어

조금은 멋쩍은 생각에
눈치를 보는데

건너편 자리에
잠깐 의식이 돌아온 태근이가

너무나도 익숙하게
가방에서 긴 자를 꺼내 대더니

그냥 한 줄로

위에서 아래로 쭉 내리긋고는


나를 보고 싱겁게 웃더니

다시 엎어져 버렸어

이용

세상 둘도 없는
다정한 얼굴로


하루가 멀다 하고
날아들던 나비와 벌이


꽃이 시들어
얻을 꿀이 없으니


다시는
찾아오지 않는 것처럼


학급회장에서
내려온 후로


그런 친구들이
자꾸만 눈에 보인다

장애

잠시만
기다려 주었으면 해

불가능하다는 게
아니야

조금 더
시간이 필요하다는 거지

# 삼각 김밥

야자하다 배가 고플 때면
찾아가는 편의점

모두들 쥐꼬리만 한 용돈에
습관처럼 손이 집어 드는 삼각 김밥

사각을 대각선으로 잘라서
두 개로 만들었어

그런데

가격은
반으로 자르지 않았어

분명 이건
편의점의 불편한 음모야

# 사막



어른들의 눈에는
우리들이

아무 쓸모 없는
막막한 사막처럼 보일지도 몰라

그런데
어른들은 잘 모르는 거야

사실 사막은
아름다운 것들이 없는 곳이 아니야

아름다운 것들이
보물처럼 숨겨져 있는 곳이지

# 제3부

# 엄마의 자동차 경주

# 인형 뽑기

나는
학교 앞 인형 뽑기 기계에서

코딱지만 한
인형 하나도 뽑아 본 적이 없는데

위험한 건설 현장에서
일하는 아빠는

무거운 철근, 목재, 벽돌을
척척 잘도 뽑아 올린다

아파트 공사장에서
뽑기 달인으로 통하는 아빠는

내가 세상에서 가장 존경하는
멋진 타워크레인 기사다

# 꽃에 물 주기

언제나 아빠는
동생을 꽃이라고 불렀다

꽃 중에서도
가장 귀한 사람 꽃

주렁주렁
팔에 링거 줄을 매달고

병실 침대에서
깊이 잠든 동생을 두고 나오던 날

슬프게 웃으며
아빠가 말했다

너무 비가 오지 않아서
꽃이 시든 거라고

그래서 지금

꽃에 물을 주는 거라고

# 시간이 필요해

요즘 툭하면
방문을 꽁꽁 걸어 잠근다고

너무
나무라지 마세요

동물들도
어딘가 상처를 입으면

자신의 굴속으로 들어가
스스로 치료할 시간을 가지듯

지금 내게도
시간이 필요하거든요

잠시만
믿고 기다려 주세요

그렇게
오래 걸리지는 않을 테니


상처가 다 아물면
툴툴 다 털고


언제 그랬냐는 듯
씩씩하게 걸어 나올 테니

# 병원 가는 길

병원에 가는 길이야
엄마 보러

들길에
피었다 지는 여름 꽃

참
좋겠다

해마다
다시 피어날 테니

하지만
병원에 누워 있는 엄마는

다시는
피어날 수 없는 꽃

병원 가는 길
내내

내 손은
나도 모르게

꽃 모가지들을
그냥 똑똑 꺾고 있었어

# 엄마의 자동차 경주

내가 중학교 졸업하기 전부터
휠체어에 앉아서 연습만 하던 엄마가
결국 앰뷸런스를 타고 경주에 참가했어
엄마가 자신의 기록을 깨고
안전하게 순위에 들기를 바랐어

지금까지 코너링도 기대 이상으로
짝 짝 짝
참 나이스한 레이스야
일차선에서 선두로 치고 나가려 했을 땐
모세의 기적이 일어나기도 했어

앞서거니 뒤서거니를 반복하며
수십 대를 따라잡는 숨 막히는 추월 끝에
주위의 어수선한 환호를 받으며
엄마가 결승점인 대학병원 응급실에
드디어 골인했어

간발의 차이로 순위에 들지 못해
탈락한 시상식장에선
나이가 참 아깝다며 혀를 차는 사람들이
마냥 웃고만 있는 엄마의 얼굴에
국화꽃을 메달처럼 달아 주었어

# 애착 인형

엄마 아빠는
가게 얘기만 하고

오빠는
취업 준비 얘기만 하고

언니는
남자 친구 얘기만 하는

언제나
바쁜 우리 집

변함없이
책상에 턱 걸터앉아서

가족들이
다 잠든 시간까지도

내 애기에
귀를 기울여 주는


참 말수가 적고
입도 무거운


우리 집에서
유일하게 내 편인 녀석

# 힘들었겠다

아빠는
정말 힘들었겠다

달마다
내 학원비 마련하느라

아빠는
참 힘들었겠다

막내 동생
수술비 구하느라

아빠는
너무나 힘들었겠다

가족들
아무도 모르게

그 모든 걸
아닌 척 숨기고 사느라

# 보풀이 피던 날

내 낡은 스웨터에
겨울이면 작은 꽃밭이 생겼어

몽실몽실한
노랑 싹들이 하나씩 돋아나고

한겨울이 끝나갈 무렵이면
작은 꽃 몽우리들이

목화송이처럼
활짝 피어 있었거든

엄마가 꽃밭을 정리한다고
뽑아 내려 했지만

뿌리가 너무 깊게 얽혀 있어서
뽑을 수가 없었어

그럴 때면 내가 잠든 사이

흐린 불빛 아래서 늦은 밤까지

작은 쪽가위로
한 송이씩 잘라 주던 엄마의 모습이

끊어진 조각 필름처럼
기억이 나

잘라 신문지에 모아 둔
한아름 꽃다발 같은 보풀을 볼 때면

나는 그것을
엄마의 겨울 꽃집이라고 불렀어

다시 겨울이 오면
가슴 안쪽과 어깨 바깥쪽에서

흐려진 엄마의 기억처럼
보풀들은 다시 또 피어날 거야

# 흐린 날

잠깐 흐릴 것만 같더니
주책없이 비가 온다

이 친구도 우산 쓰고
저 친구도 우산 쓰고
걱정 없이 가는데

왜 나만 정신없이
비에 쫓기듯 가는 걸까

비가 온다
야속하게 비가 온다

이 친구도 우산 쓰고
저 친구도 우산 쓰고
느긋하게 가는데

왜 나만 초라하게

비를 맞으며 가는 걸까

참 쓸쓸하다

오가는 길에
받쳐 들 것 하나 없어서

# 첫 단추

상윤아!

교통비 지원 받는
한부모가정의 첫째로서

수백 번
곰곰이 생각하고

아주
신중하게 행동하자

아래서
줄줄이 알사탕처럼 매달려

오로지
나만 올려다보는

동생들의 장래가
달린 문제거든

# 혼자 있기

가끔은
혼자 있는 게 좋아

오롯이
혼자 있을 때

여럿이 있을 때
등 뒤에 꼭꼭 숨어 있던

진짜 나를
만날 수 있거든

# 비스듬히

비 오는 거리에서
우산이 비스듬히 기울어져 있는 건

곁에 있는 누군가가
비에 젖지 않게 하기 위해서야

가파른 산비탈에
나무들이 비스듬히 기울어져 있는 건

흙이 무너져 내려
마을을 덮치지 않게 하기 위해서야

비스듬히 있는다는 건
누군가를 위하는 마음이야

좁은 반지하 방에서
우리들이 편하게 누울 수 있게

밤이면 양쪽으로 비스듬히 눕던
그때의 엄마 아빠처럼

# 현관 거울

우리 집 현관엔
거울이 하나 걸려 있다

거울 속 구석 자리엔
의자가 놓여 있고

아침저녁으로
거울 속으로 해가 뜨고 노을이 진다

아침이면
아빠 엄마 그리고 형이

거울 앞에서
스냅 사진을 찍고

쥐 잡아먹은 입술을 한
막내 누나는

지각한 줄도 모르고

무성 단편 영화를 찍고 있다

# 선인장

아빠가 돌아가신 후
우리 집 강수량의 대부분은


온종일 방에서 울던
엄마의 눈물이었어


긴 우기가 지나가고
엄마는 점점 건조한 지역이 되어 갔어


우리는 처음으로
날씨에 대해 걱정하기 시작했어


기나긴 우기의 기억을
조금씩 지워 가며


우리의 잎은
마르지 않기 위해 가시로 변해 갔어

서로의 가시에 찔리는 게
조금씩 익숙해져 가던 우리는


결국 황량한 사막이 되어 버린
엄마의 곁을 지키기 위해


모래를 사랑하는 법을 배우며
단단한 선인장이 되었어

# 편지1

아빠!


아빠가 떠나간 지도
참 오래되었어


이제 더는
달력에 날짜를 표시하지 않아


하지만


너무 작아져
더는 입을 수 없어도


버리지 못하는
내 옷장 속 지난여름 옷처럼


아빠!

우리의 안녕은,

아주 오래 길 거야

# 제4부

# 아직 오지 않은 우리들의 안녕에게

# 마중물

두렵지 않다고 말한다면
거짓말일 거야

다시는
올라오지 못할 수도 있다는 거 알아

하지만
어둠 속에 갇힌 너를

세상 밖으로 올라올 수 있게
손을 잡아 주려고

깊이를 알 수 없는
너에게로 내려가는 거야

미련


방과 후 야자 다 빼먹고
잠실대교에 갔었어

흘러가는 강물을 바라보다
꼭 잊겠다고 다짐하며

너에 대한 기억을
모두 다 던져 버리고 돌아왔어

그런데
오늘 아침 알게 되었어

어제
내가 정작 버리고 온 게

너에 대한 기억이
아니라

잊겠다던

내 다짐뿐이었다는 걸

# 마지막 메시지

아주 한참이나 지나서
잘 지내지, 라는 문자가 왔어

너무 야속한 마음에
아무렇지 않은 듯
평상시처럼 잘 지낸다고 답했어

그랬더니 잠시 후에
잘 지내 줘서
고맙다는 짧은 답장이 왔어

만일
다시 문자가 오면

솔직하게
나 너무 힘들다고 말할 생각이었어

그런데

그런데 말이지


그 후로

다시는 문자가 없더라

# 아직 오지 않은 우리들의 안녕에게

아직 우리들에게 오지 않은
언젠가 약속처럼 와야 할 안녕이라면

주인처럼 큰 기침하며 대문으로 말고
도둑처럼 숨죽인 채 담 넘어 왔다 갔으면

우산 받쳐 든 버스 정류장 말고
민소매 티셔츠 입은 오후의 거리처럼 왔다 갔으면

피하고 싶은 시험 기간 말고
점심시간 후 밀려드는 졸음처럼 왔다 갔으면

그렇다면 붙잡지도 매달리지도 않고
이미 놓쳐 버린 버스처럼
그저 뒷모습을 바라볼 수 있을 것 같아

# 추억

함께한 시간이
서로에게 거짓이었다면

시간이 흐른 뒤에

그건
얼룩으로 남겠지만

함께한 시간이
서로에게 진실이었다면

시간이 지난 후에

그건
무늬로 남을 거야

지각


네가 햇살로 다가왔을 때
나는 바람에 떠도는 작은 씨앗이었어


네가 단비로 찾아왔을 때
나는 실뿌리도 내리지 못한 어린 싹이었어


네가 나비로 날아왔을 때
나는 꽃잎도 없는 여린 꽃망울이었어


시간이 흐른 뒤


내가 활짝 핀 꽃이 되어
떳떳하게 너를 맞으려 했을 때


어느새 너는
성큼 다가와 버린 찬 겨울이었어

# 낙엽 편지

날이 저무는 가로수 길을 걷다
말없이 웃으며 네가 말했어


저녁 바람이 밟고 지나가는 낙엽들
하나하나에
서로의 이름을 적어 두자고


먼 훗날 멀어져
문득 그리워지는 날엔


홀로 저녁 가로수 길을 걸으며
가을이 보내 준
서로의 안부를 주울 수 있게

# 사랑이란

내가 얻은 사랑이
세상에 하나뿐이라 생각했어

그 사랑이 다칠까 봐
동그라미를 그려
그 안에 조심스럽게 넣어 두었어

자그맣던 사랑은
하루하루
동그라미 안에서 무럭무럭 자랐어

그러던 어느 날부터
그 동그라미가
조금씩 작아진다는 것을 알았어

동그라미가 망가져 버릴까 봐
그 동그라미를
더 두껍게 덧칠했어

그럴 때마다
비좁은 동그라미 속에 사랑은
아파하는 날들이 많았어

한참 시간이 흐른 뒤에야
나는 깨달았어

사랑이 자랄수록
처음에 그렸던 동그라미는
점점 작아진다는 것을

결국 사랑한다는 것은
가두어 두는 것이 아니라
놓아 주는 법을 배워 가는 거라는 것을

그때부터 나는
내가 그렸던 그 동그라미를
하나씩 지워 나가기 시작했어

# 책갈피

책을 정리하다
마주친 나뭇잎 하나

흐릿하게 적힌
눈에 익은 이름 세 글자

내 마음도
이제는 다 말랐는지

아프지 않게
이름을 불러 보았어

너도 나처럼
이젠 밥도 잘 먹을 거라 믿으며

창문을 지나가는
저녁바람에

오랫동안 붙들고 있던
이름 세 글자

놓치듯이
이제 그만 날려 보낸다

# 녹지 않는 눈사람

넌 모를 거야
그때쯤엔 곁에 없을 테니

작년에 첫눈 내리던 날
야자 시간에
학교 연못가에서
너와 내가 함께 정성껏 만들었던

여름에도 녹지 않는다면
우리의 인연은
영원히 계속될지도 모른다고
장난처럼 말했던

그 작은 눈사람
아직도 녹지 않고 그대로 있어
우리 집 냉장고에

그런데

정작 녹아 사라져 버린 건

영원하자 말했던 너뿐이네

# 언덕 위의 한 그루 나무

혼자라는 생각이 들 때면
언제나 찾아가는 한 그루 나무가 있지

언덕 위에 서 있는 그 나무엔
바람에 속살을 드러낸 새 한 마리가
저녁 산그늘에 앉아
나무와 이야기를 나누곤 했지

그 새가 나무를 떠난 후로
저녁바람이 언덕을 지날 때면
난 나무 옆 돌로 만들어 둔 의자에 앉아
나무와 이야기를 나누었지

내가 떠나온 사람들과 나를 떠나 버린 사람들
그리고 먼 훗날
웃으며 스치고 지나갈 사람들에 대해

혼자라는 생각이 들 때면

언제나 찾아가는 한 그루 나무가 있지


그 언덕의 나무 아래엔
얇은 껍질을 입고 떠는 길 잃은 어린 풀벌레가
나무에게 겨울로 가는 길을 물었었지


그 어린 풀벌레가 겨울로 떠난 후
저녁바람을 쓰다듬으며
나의 어리석은 이야기를 기다리는 나무와
난 늦은 밤까지 이야기를 나누었지


이미 마른 풀처럼 잊힌 사람들과
아직 시들어 가는 그리움이 남은 사람들과
그리고 빈 껍질을 벗어 두고
겨울로 떠나 버린 어린 풀벌레에 대해

너 없는 풍경

어제는
이런 생각을 해 봤어


나를 배경으로 하는
세상의 모든 아름다운 풍경들

따뜻한 눈송이처럼
한낮 공원 길에 흩날리던 벚꽃 잎

흰 서리처럼
새벽 강가에 쏟아지던 별빛

이 모든 풍경들이
만일 네가 내 곁에 없다면

진정
낭비가 아닐까 하는

# 달랐을 뿐이야

서로의 생각에
가끔씩 갸우뚱하곤 했어

서로의 말에
많이 아파하곤 했어

그런데
지금 와 생각해 보면

우리는
알지 못했던 거야

우리가
서로 틀린 게 아니라

우리가
그저 달랐을 뿐이라는 걸

다이소

다 있다는 말에
가 보았어

백 일 되던 날
선물로 받았던

샤프와 지우개
그리고 하트 방석

모두 다
그곳에 있더라

그런데
정작

아무리
찾아보아도

그곳에
너는 없더라

# 구불구불한 길

탁 트여
쭉 뻗은 길보다

나는 구불구불한 길이
더 좋아

오고 있는
너를 마중하는 내 마음도

구불구불
오래 걸리겠지만

떠나가는
너를 배웅하는 내 마음도

구불구불
한참 걸릴 테니

# 너와 나의 안녕을 위하여

박덕규

## 1. 청소년의 자리

청소년은 누구인가. 말할 것도 없이 아동기와 성인기 사이의 과도기 층을 말한다. 이르면 10대 초중반부터 늦게까지 잡으면 만 20세 이전까지가 모두 이 계층에 해당한다고 하면 되겠다. 대체로는 중학생 나이부터 고교 졸업 때까지라 할 수 있을 터. 이 시기 정신적으로는 '나는 누구인가?'라는 소위 자기 정체성에 대해 깊이 고민하게 된다. 부모나 어른의 간섭을 받기 싫어하고 기분이 자주 바뀌고 작은 일에 민감한 반응을 보이기도 한다. 가족보다 또래 집단과 관계를 중시하는 경향을 보여 친구의 영향을 많이 받기도 하고, 무리에 속하기를 좋아하고 그 무리에서 소외당하는 것을 무척 두려워하기도 한다.

한편, 신체에 큰 변화가 일어나는 시기이기도 하다. 몸집이 커지는 건 말할 것도 없고, 목소리도 변하고 체모도 급증하는 등의 2차 성징이 확연해진다. 이성에 대한 호기심도 크게 일고 사랑과 연애에 대한 관심이 깊어지기도 한다, 반면에 눈에 보이지 않는 개념이나 철학적인 문제에 빠져들기도 하고, 인생의 진로나 목표 등에 크게 고민을 한다. 편하게 말하면 그냥 어른이 되어가는 당연한 과정이랄 수도 있겠고, 고차원적으로 말하면 '자기 정체성'을 찾아가는 시기라 할 수 있겠다.

## 2. 우정과 사랑 사이

최근 '청소년시'라는 장르가 눈에 띄게 늘고 있다. 청소년시는 말하자면 위의 청소년기의 특징을 적절한 언어 감각으로 담은 시다. 아이와 어른 사이의 중간층으로서의 모순과 갈등, 아이 벗어나기와 어른 흉내 등에서 생겨나는 삶의 내용이 독특한 언어 형상으로 표현된다. 그런데 재미있는 것은 그런 언어 형상을 창출하는 주체가 청소년 자신이 아니라는 점이다. 청소년을 지난 시기, 청소년기에 누구나 겪었을 체험을 겪고 난 어른이 청소년기의 감성을 되살려 쓴 시가 청소년시인 것이다. 여기서 두 가지 문제가 발생할 수 있다. 하나는 청소년기를 겪은 그 어른이 얼마만큼 자신의 체험을 오늘의 보편적인 감수성으로 잘 재현해 낼 수 있느냐는 것. 또 하나는 자신이 살던 시대와는 다른 현 시대 청소년기의 정서를 어떻게 제대로 수렴할 수 있느냐는 것.

이사람 청소년시집 『나는 너의 빨판상어였어』는 여러 탄력적인 내용과 방법으로 이 두 가지 염려를 충분히 수용한다. 우선 돋보이는 점은 이 시집은 지난 시대이건 지금 시대이건 청소년기의 또래 감성이랄 수 있는 보편적인 관계 감정을 잘 포착한다는 것이다.

세상에서
가장 작은 우산을 준비했거든

바로
오늘이

너와 내가
가장 가까워지는 날이 될 거야

—「우산」에서

학교에서
시험에 치이고

선생님들의 잔소리에
시달려도

견딜 수 있는 건
너 때문이야

—「너라는 위로」에서


너를 만나면
다른 친구 생각이 안 나는데


다른 친구를 만나면
꼭 네 생각이 나

—「절친」에서


이 모든 풍경들이
만일 네가 내 곁에 없다면


진정
낭비가 아닐까 하는

—「너 없는 풍경」에서


흔히 동성 간에 생기는 친한 감정을 우정이라 하고, 이성 간에 생기는 그것을 사랑이라 말한다. 그런데 실제 청소년기의 그것은 명확히 구분되는 것이 아니다. 말하자면 가족의 범주 안에서 생활하고 느끼고 할 때의 감정과는 또 다른 느낌을 가족 밖의 타자로부터 비로소 가지게 되면서 '나' 아닌 '타자'에 대한 특별한 감정을 가지게 되는바, 그 첫 번째 감정은 우정이나 사랑 같은 것으로 분화되기 이전의 어떤 상태이기가 대부분이다. 실제로 청소년기의 우정과 사랑은 서로를 탐색하고 이해하는 과정에서 자주 겹치는 현상이 빚어진다. 감정 조절의 미성숙, 정체성의 미확정, 호기심과 감정의 급격한 진폭 등으로 '나'의 '타자'에 대한 감정은 오묘한 친숙 관계에 놓인다.

위 시들은 이런 오묘한 친숙 관계를 잘 포착하고 있다. '작은 우산 하나 안에서 가까워지는 관계', '선생님이 하는 싫은 잔소리마저 견디게 하는 너의 존재', '다른 친구들하고 있을 때 자꾸 떠올려지는 존재', '네가 없으면 이 세상이 아무 의미도 없을 것 같다는 생각' 등에는 화자에도 대상에도 성별이 부여돼 있지 않다. 따라서 그 감정 또한 우정이니 사랑이니 하는 말로 구분해 말하기도 모호하다. 구분되는데 구분하지 않는 것이 아니라 실제 그 시기에는 흔히 그러한 모호한 그 상태의 감정에 놓이는 것이다. 이사람의 시는 이처럼 성별 구분으로서 인지되는 우정과 사랑이 아닌, 그 이전의 미분화된 친숙 관계를 묘사함으로써 청소년기의 감정 상태를 적확하게 짚어 준다.

아무도 모른다
내가 너에게 기생하는 것이 아니었다는 것을

네가 나에게 사랑을 주었고
내가 네게 사랑을 주었지

네가 외롭고 어두운 바닷길을 갈 때

난 항상 너와 함께였어

먼 훗날 어느 바다 골짜기에
네가 자신을 버려 두고 움직이지 않을 때
비로소 너를 떠나는

네가 더는 외로움을 모를 때
깊고 어두운 그 바닷길을 되돌아오는
나는 너의 빨판상어였어

—「나는 너의 빨판상어였어」 전문

'빨판상어'는 이름만 상어지 상어가 아니다. 등지느러미가 계란 모양의 흡반형으로 변해 빨판식으로 상어나 가오리, 거북 같은 자기보다 큰 물고기나 생물체에 몸을 붙이고 사는 어종이다. 주로는 숙주가 된 어종이 먹다 남기는 찌꺼기를 먹지만 자기가 직접 사냥해 먹기도 한다. 회갈색을 띤 원통형으로 크기는 30~40cm이다. 생물적으로는 숙주에 기생해서 존재하는 동물이지만 숙주 처지에서는 죽을 때까지 자신과 동행해 주고 때로 보호해 주는 친구이자 전우이기도 하다. 사람 관계로 치면 영원히 함께하다 진정으로 필요없게 될 때 물러서 주는 평생 동지와 같다. 그 동지 관계는 다시 말하면 우정이나 사랑 같은 걸로 설명하기는 한계가 있다. 그 이상의 관계다.「나는 너의 빨판상어였어」는 이를테면 청소년시 특유의 우정과 사랑의 구분을 넘어서는 관계 설정을 통해 '빨판상어'라는 생태적 특징까지 보여주는 시라 하겠다.

## 3. 깨달음의 성장

청소년은 대개 성장 과정에서 스스로 어른인 체하고 싶어 한다. 가족과 대화를 줄이고 스스로 판단하고 결정하는 경향을 보인다. 이는 어떤 주제에 대해 스스로 책임지고 싶고 독립적인 존재로 인정받고 싶다는 마음의 표현이다. 그러면서도 부모나 교사 등 어른을 관찰하며 그들의 언행, 가치관을 모방하는 경향을 보이고 실제 그 모방이 내면화되면서 스스로 어른에 가까워졌다고 생각하기도 한다. 가령 천천히 걷는 거북을 보고 "얼마나/빨리 가느냐가/아니라//얼마나/멀리 가느냐"(「거북이」)에 가치를 두는 태도는 분명히 어른스럽다. 또한 '학급회장을 그만두니 다정하던 친구들이 예전과는 달리 다정하게 대해 주지 않게 된 친구들 행태'를 경험하는 현실도 역시 어른 세계와 다름없는 세태 경험이라 하겠다(「이용」). 청소년은 그렇게 어른이 되어 가는 것이다.

그러나 청소년은 청소년이다. 청소년이 아무리 어른의 생각을 가지고 어른인 체하더라도 그 시기다운 생각과 염려, 희망과 기대와 더불어 그들은 산다. 말하자면 청소년시는 바로 청소년기로서의 어른스러움을 포착하면서 시다워지는 것이다.

아직 우리들에게 오지 않은
언젠가 약속처럼 와야 할 안녕이라면

주인처럼 큰 기침하며 대문으로 말고
도둑처럼 숨죽인 채 담 넘어 왔다 갔으면

우산 받쳐 든 버스 정류장 말고
민소매 티셔츠 입은 오후의 거리처럼 왔다 갔으면

피하고 싶은 시험 기간 말고
점심시간 후 밀려드는 졸음처럼 왔다 갔으면

그렇다면 붙잡지도 매달리지도 않고
이미 놓쳐 버린 버스처럼
그저 뒷모습을 바라볼 수 있을 것 같아
—「아직 오지 않은 우리들의 안녕에게」 전문

이 시는 청소년들에게도 오고야 마는 이별에 대한 아쉬움을 표현한 시다. 청소년은 가족을 벗어나 다른 사람과 새로운 만남을 가지면서 점점 이전과는 다른 어른스러운 느낌을 가지게 된다. 만남도 잦아지지만 그 과정에서 또한 많은 이별을 경험하기도 한다. 청소년의 경우 가족이나 또는 학교 같은 제도의 영향을 크게 받기 때문에 그런 만남과 이별은 대개 타의적이다. 자신이 좋다고 더 오래 만날 수 있거나 자신이 싫다고 서로 안 만나기도 어려운 것이 청소년기의 만

남과 이별의 관계다. 그러나 그렇다고 그 만남에 자의적 감
정이 없을 수는 없다. 청소년기의 이별은 대개 순응할 수밖
에 없지만 또 대개는 모두 아쉬움의 감정으로 경험하게 된
다. 이 시는 언젠가 겪게 될 아쉬움의 시간을 미리 앞당겨 생
각해 보는 상황으로 펼쳐진다. 이별은 너무 아쉬우니까 "주
인처럼 큰 기침"하지 않고 "우산 받쳐 든 버스 정류장"처럼
티내지 않게 왔으면 좋겠다는 것, 그러나 이별을 하지 않을
수는 없는 일이니까 어쩔 수 없이 "이미 놓쳐 버린 버스처럼"
보내는 이별이면 좋겠다는 것이다. 청소년다운 기대에 걸맞
은 표현이라 하겠다.

이 시집에는 이렇듯 청소년기로서 어른이 되는 과정에서
참으로 어른스러워지는 깨달음을 보여주는 예가 많다.


　　함께한 시간이
　　서로에게 거짓이었다면


　　시간이 흐른 뒤에


　　그건
　　얼룩으로 남겠지만


　　함께한 시간이
　　서로에게 진실이었다면


　　시간이 지난 후에

그건
무늬로 남을 거야

—「추억」 전문

유리창으로
무작정 달려와 부딪치는

벌 한 마리를 보다
문득 깨달았어

지금은
너무 익숙해져

시들하게 버려 둔
너와 나도

오래전 한때는
서로에게

목숨을 걸고 얻으려 했던
꽃이었다는 걸

—「꿀벌」 부분

「추억」은 둘이 함께 한 만남의 가치를 말한다. 둘이 진정을 다해 만난 거라면 그건 헤어진 이후라도 소중한 흔적이 되는 것, 그게 아니라면 그 만남의 시간은 가치 없는 추억이 되고 만다는 깨달음을 설명한다. 「꿀벌」은 꽃을 향해 무작정 달려드는 꿀벌의 행태를 보면서 한때 서로에게 간절히 다가가던 시간이 있었음을 회상한다. 진행되고 있는 현재 상태에서는 잘 느끼지 못하고 깨닫지 못하는 사실에 대한 이러한 뒤늦은 각성이야말로 성장의 다른 이름이라 하겠다. 이 사람의 청소년시는 이처럼, 성장하면서 전에 깨닫지 못한 사실을 깨달아 가는 진정한 성장의 의미를 잘 담아 보인다.


## 4. 진정한 어른 되기


흔히 청소년시는 청소년의 생활상을 구체적으로 묘사하는 경향을 보인다. 이를테면 친구끼리 서로 다투거나 친구 것과 비교하거나 어른에게 반항하거나 하는 모습을 통해 그 시기 청소년의 고통도 드러내고 유머 감각도 드러내곤 한다. 이에 비해 이사람 청소년시는 전반적으로 삶의 구체적인 현장에서 물러나 한층 객관화하고 내재화하는 성향이 강하다. 말하자면 이사람의 청소년들은 자신의 감정을 억제하거나 조절하는 데 자부심을 느끼는 특징이 있다. 이는 청소년기에 나타나는 대표적인 특징의 하나다.

바닷가에 굴러다니는
우리에게

사람들은
너무 쉽게 말해

어쩌면 신기하게
이렇게 모난 곳 하나 없이
매끄러울 수 있냐고

그런데
사람들은 모른다

지금까지
얼마나 셀 수 없이 많은
태풍이 왔다 갔는지

—「몽돌」 전문

세상에 모든 길은
처음부터 그냥 있었던 게 아니래

아주 오래전
길을 잃은 누군가가 지나갔던 곳이래

지금 길을 잃고 헤매는 우리
너무 두려워하지 말자

지금 너와 나는
새로운 길을 만들어 가는 중일 테니

—「길」 전문

청소년들은 또래보다 이성적이거나 신중하다고 느끼면서 스스로를 어른스럽다고 여기기도 한다. 이런 경우의 청소년은 남들과 다르다는 차별성을 긍정적으로 받아들인다. 이때 사실 그 청소년은 실제 어른이 된 것이 아니라 정체성 확립 과정에서의 자율성 욕구, 감정 조절 능력에 대한 자부심, 그리고 또래와의 차별성 강조 등이 반영된 심리적 태도로서 스스로를 어른스럽다고 생각하는 것이라 할 수 있다. 하지만 한편으로 이 '어른스러움'은 실제로 불안이나 억압 또는 인정 욕구에서 비롯된 경우가 없지 않다는 것이 아동청소년 심리학의 가르침이다. 그러나 이사람의 청소년들은 이런 가르침을 염려로 돌린다.

가령 「몽돌」이라는 시에서 보자. '몽돌'은 원래 모난 돌이었으나 태풍을 무수히 견뎌야만 진정한 몽돌이 된다. 그런데 사람들은 그저 지금 눈앞에 있는 '몽돌' 모양만 본다. '몽돌'은 결코 그냥 몽돌일 수 없었다는 사실! 그 숨은 사실을 이 시 「몽돌」이 또박또박 상기시킨다. 또는 「길」이라는 시를 보자. '길'은 대개 누군가 먼저 걸어서 누구나 다닐 수 있는 길로 닦인 것이지만 실은 그것이 시작될 때는 아직 뚫리지 않은 '헤매는 길'이었다. 사람들은 그걸 모르고 쉽게 그 길을 가고 있는 것이다. 따라서 우리가 찾아낼 길 역시 아직은 우리가 더 '헤매야 하는 길'이라는 사실! 이 숨은 사실을 시 「길」이 또박또박 상기시킨다. 이사람의 청소년시는 이처럼 어른스럽다. 그냥 어른 흉내가 아니다. 청소년으로서 내

적 성숙 과정에서 스스로 깨닫고 스스로 진리에 도달해 가는 과정을 내재화한 것이다.

이사람 청소년시집은 시적 화자나 대상에게 성별을 부여하지 않고 감정 상태를 드러내는 데 익숙하다. 그 덕분에 청소년들 사이에서 생기는 친숙 관계를 우정과 사랑 사이의 것으로 절묘하게 그려 낸다. 한편 청소년기에 세상에 대한 이치를 깨달아 가는 성장의 과정을 세밀하고 미세한 언어 감각으로 드러낸다. 또한 자칫 청소년기에 자신의 실제 감정을 숨기고 짐짓 어른스러워하는 태도로 자신을 위장하는 습관을 진정 긍정적인 성장 과정으로 치환해 한 편 한 편 모양 좋은 시적 형태를 얻어 낸다. 이사람의 청소년들은 '아직 오지 않은 우리들의 안녕'을 진정한 '안녕'으로 기대할 수 있는 성숙한 청소년이다.

朴德奎 | 문학평론가 · 단국대 교수

막상 뭘 해야 할지 모르겠고, 할 수 있을 것 같은 건 많은데
진짜 내가 할 수 있는 게 뭔지 모르겠는 그런 느낌.
근데 그런 순간일수록 진짜 중요한 건,
포기하지 않는 마음 같아.

나는 너의
빨판상어였어